La villa d'en face

Pierre Boileau est né en 1906 à Paris, **Thomas Narcejac** à Rochefort-sur-Mer en 1908. Ils s'associent dès 1948 et ils écrivent une cinquantaine de romans policiers qui connaissent un très grand succès; la plupart sont portés à l'écran. De nombreuses récompenses leur ont été décernées (Prix Louis Delluc, Prix de la Critique, prix de l'Humour noir, etc.). L'Amitié et Gallimard ont publié leurs ouvrages pour la jeunesse. Pierre Boileau est décédé en janvier 1989.

Illustratrice de nombreux ouvrages pour la jeunesse, **Annie-Claude Martin** a également enseigné le dessin, réalisé costumes et décors de théâtre et participé à plusieurs expositions. Les livres qu'elle a illustrés sont publiés par Bayard Presse, Nathan, Rouge et Or et Hachette.

© Bayard Éditions, 1991
ISBN 2.227.722 13.4

La villa d'en face

**Une histoire écrite par Boileau-Narcejac
illustrée par Annie-Claude Martin**

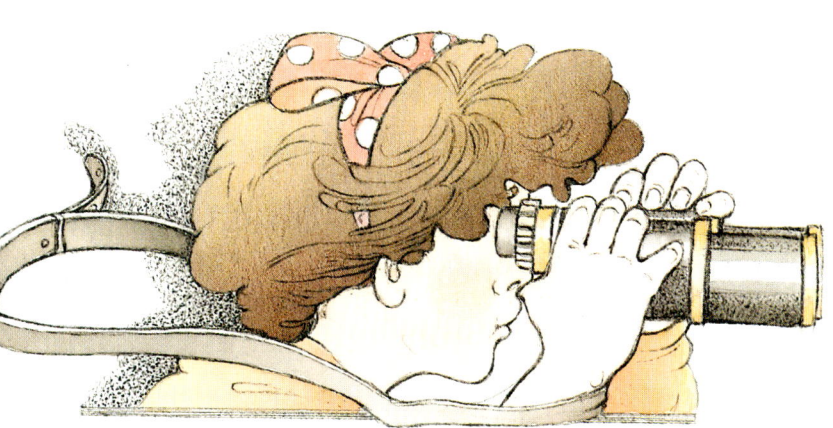

BAYARD ÉDITIONS

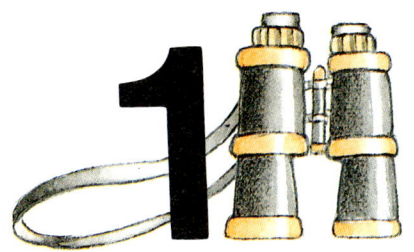

Les nouveaux voisins

Ça fait bien une heure que Claudette regarde la télé, quand tout à coup elle se retourne vers Philippe :
– Tu sais quoi, Philou ? La télé, c'est comme si on regardait le monde avec des jumelles. Tout est beaucoup plus près !
Philippe répond machinalement :
– Oui, petite sœur.
Il est devant la fenêtre, emmitouflé dans une couverture, et il observe le village avec les jumelles de son père. C'est son jeu préféré depuis deux jours, depuis qu'il a attrapé une bronchite en tombant dans le

puits du jardin. Il faut dire qu'elles sont épatantes, ces jumelles. Elles grossissent tellement qu'on peut deviner ce que disent les gens, rien qu'en regardant leurs lèvres.

Claudette prend un air boudeur.
— N'empêche qu'à la télé, il se passe des trucs plus intéressants que dans le village.
— Pas sûr, Clo, pas sûr !

Philippe dirige maintenant les jumelles sur la villa d'en face. Un grand type blond se promène avec un chien-loup dans le jardin. C'est un Hollandais. Il est venu habiter là récemment avec sa femme.

– Clo ! Comment s'appelle-t-il, le nouveau locataire d'en face, le Hollandais ?
– Je ne sais pas. Van der quelque chose. Je l'ai rencontré ce matin. Il a dû se blesser, il avait un gros pansement au bras.
– Un pansement au bras ? Tu as rêvé.
  Là, au bout des jumelles, le Hollandais joue avec son chien, il fait tournoyer une branche au-dessus de sa tête.
– Pas le moindre pansement !
– Fais voir !

Claudette bondit comme un chat et s'empare des jumelles.

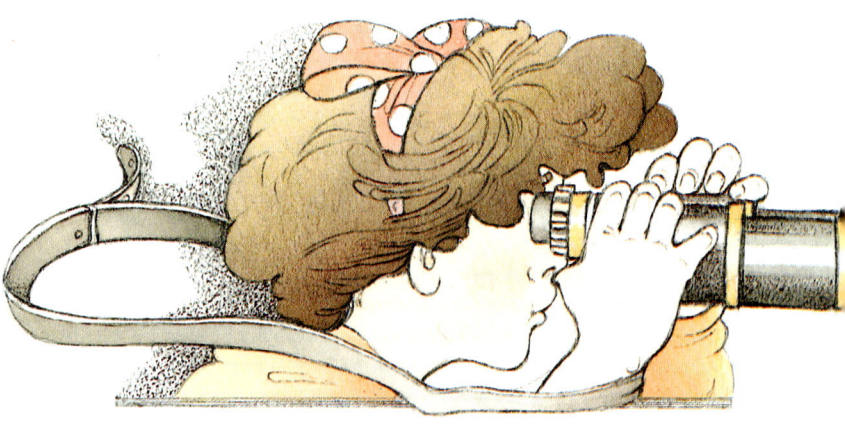

– Ça alors ! Ce matin, il avait le bras en écharpe, j'en suis sûre.
Philippe a un petit rire.
– Tu vois, Clo ! Il se passe des trucs intéressants dans un village. Un type qui met un pansement pour sortir et qui l'enlève en rentrant à la maison... Elle fait mieux que ça, la télé ?
– Oui, monsieur. Elle fait mieux que ça.
Claudette tourne à fond le bouton du son. C'est l'heure des informations. On parle du hold-up qui a eu lieu la semaine dernière à la Banque Centrale de Vichy. L'un des

gangsters a été arrêté. L'autre s'est enfui avec l'argent volé, mais il est blessé et la police le recherche. Le journaliste de la télé lit un communiqué : « La Banque Centrale de Vichy offre une prime d'un million de centimes à qui permettra la capture de cet homme... »

Claudette coupe le son.
– Alors Philou, c'est pas intéressant, ça ?
– Peut-être, mais ça me dégoûte, cette histoire de prime. Moi, je ne dénoncerais jamais personne, même pour dix millions de centimes !

Une fausse blessure

Il est bientôt une heure et demie, Claudette doit repartir pour l'école. Du bas de l'escalier, elle crie à son frère :
– N'oublie pas ton sirop !
Et la porte claque. Philippe prend son médicament, puis il se met au lit pour faire une sieste. Mais il n'arrive pas à dormir. Dès qu'il ferme les yeux, il revoit le puits du jardin, noir, profond, glacé. Il a bien failli se noyer en tombant là-dedans. C'était affreux. Si maman avait été là, elle en serait morte de peur. Mais elle est partie chez grand-mère pour quelques jours en les confiant à la voisine.

« Il faut absolument que je guérisse avant son retour », pense Philippe.

Il regagne son fauteuil devant la fenêtre, et il suspend les jumelles à son cou. Tout de suite, il se sent mieux. Il se dit : « Je dois surveiller l'horizon ! Je suis un commandant de navire, comme papa. »

Le père de Philippe est un commandant, un vrai, avec un vrai bateau. En ce moment, il navigue sur un pétrolier, quelque part en mer Rouge. Quand il est là, il n'aime pas tellement qu'on joue avec ses jumelles. C'est qu'elles sont super perfectionnées ! Elles doivent coûter cher !

– Combien ? se demande Philippe. Mille francs ? Deux mille ? Dix mille ?

Tout en réfléchissant, Philippe règle les jumelles sur la villa d'en face. Tiens ! Le facteur est devant le portail. Il donne un télégramme à la femme du Hollandais. Elle remercie, referme le portail, ouvre nerveusement le télégramme... On dirait un petit film ! Il ne manque que la musique. Et voilà le Hollandais qui rapplique avec son chien-loup. Il lit le télégramme, puis il le déchire et le jette dans la grande poubelle marron.

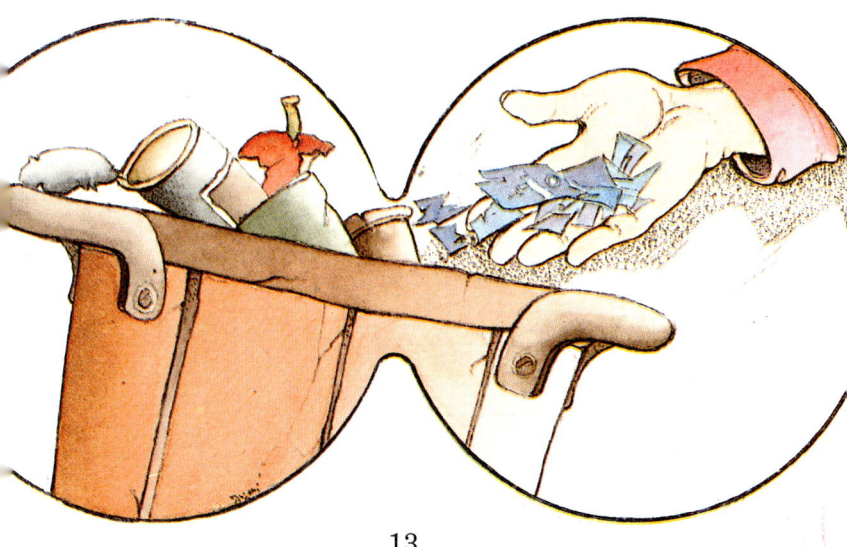

Philippe déplace maintenant ses jumelles pour observer l'école située au bout de la rue. Quatre heures et demie, dit l'horloge ronde au-dessus de la porte. À la même seconde, l'école s'ouvre et tous les enfants jaillissent en criant de joie.

Philippe voit tout de suite Clo qui court vers la maison. Elle a huit ans, Philippe a douze ans, et ils s'aiment beaucoup.

Au moment où Claudette passe devant la villa d'en face, le Hollandais sort de chez lui. Il a le bras en écharpe ! Clo s'arrête pile. Elle jette un coup d'œil vers la fenêtre de Philippe et, mine de rien, elle se met à suivre le Hollandais.

Une demi-heure après, elle arrive, rouge et excitée, dans la chambre :
– Tu m'as vue, Philou ? J'ai fait le détective ! Je peux te dire que Van der Truc est allé à la pharmacie. Il a acheté de la liqueur de Daquin. C'est un désinfectant. Il a dit que son chien l'avait mordu.
– Quel menteur ! dit Philippe. Son chien ne ferait pas de mal à une mouche. Tu sais, Clo, ce type m'intéresse de plus en plus. Tout à l'heure, il a reçu un télégramme et il l'a jeté à la poubelle. Il faut absolument récupérer ce papier.

Des photos mystérieuses

Le soir, pendant que Claudette regarde la télé, Philippe monte la garde à sa fenêtre. Tout est calme en face. Et puis, soudain, le portail s'ouvre : la Hollandaise tire la poubelle sur le trottoir.
– Ça y est, Clo ! Tu peux y aller !
Claudette s'en va en imitant le bruit d'une mobylette poussée à fond. Cinq minutes après, en revenant, elle jette une poignée de bouts de papier sur la table.
– Tiens, le voilà, ton télégramme. Il y avait juste des épluchures par-dessus.
Elle se rassoit devant la télé, et Philippe se met au travail. Il rassemble les morceaux

de télégramme, comme les pièces d'un puzzle.
– Regarde, Clo ! J'ai fini.

Claudette se penche par-dessus l'épaule de son frère. Elle lit à voix haute :
– « Liqueur de Daquin. Stop. Renseignements chez Lucienne. Stop. »

Philippe se gratte la tête.

– Tu vois, quelqu'un a demandé au Hollandais d'acheter de la liqueur de Daquin.
– C'est peut-être un homme qui est blessé pour de vrai et qui va venir se faire soigner par le Hollandais.

– Oui... mais Lucienne alors, qui c'est ?
– Oh ! Philou, laisse tomber, c'est trop compliqué ! Regardons plutôt la télé, c'est les infos, ils reparlent du hold-up.

Un policier montre un portrait-robot du gangster en fuite : il a les cheveux en brosse, une grosse cicatrice sur la figure.
– Brrr... Il est horrible ! dit Claudette. On dirait Frankenstein !

Un journaliste annonce que le gangster a été aperçu dans la banlieue de Clermont-Ferrand.
– C'est pas tellement loin de chez nous, pas vrai, Philou ?
Claudette éteint le poste. Elle se glisse dans son lit.
– Philou, ces hold-up de la télé, c'est quand même plus intéressant que le faux pansement de Van der Bidule, non ?
– Peut-être pas, répond Philippe en se couchant lui aussi.

Il éteint la lumière. Claudette s'endort tout de suite. Philippe aimerait en faire autant, mais dès qu'il ferme les yeux, il revoit le puits, ça l'empêche de dormir. Alors il se relève, il s'assoit dans son fauteuil et il reprend les jumelles. Il les braque sur la villa d'en face. Les fenêtres du premier étage sont encore éclairées.

Tiens ? Le Hollandais se prépare à projeter des diapositives. Il installe un écran sur le mur. Sa femme trie les diapos en les regardant par transparence. Elle en met trois de côté et elle écrit dessus avec un crayon feutre.

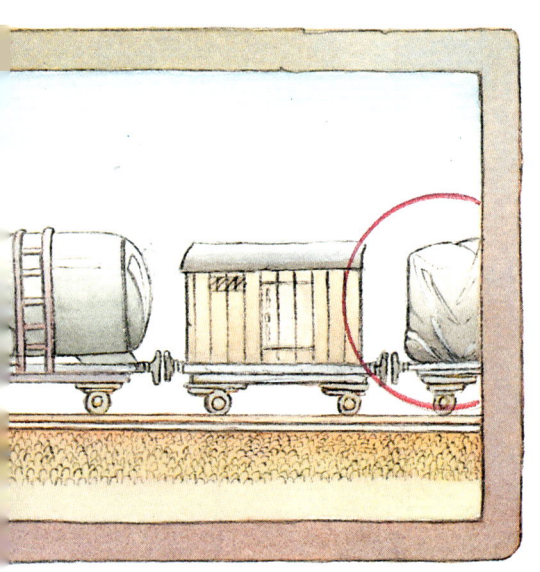

Maintenant le Hollandais passe les diapos. D'abord, Philippe voit sur l'écran un train de marchandises. Pas un vrai, un modèle réduit avec un wagon-citerne, un wagon à bestiaux et un wagon bâché : celui-là est entouré d'un rond au feutre.

Une deuxième diapo montre un panneau routier avec ces mots : « Direction Nîmes ». Philippe sursaute : sur la troisième diapo, il a reconnu le célèbre viaduc qui se dresse à la sortie du village. Au milieu de la courbe du viaduc, il y a une croix, tracée au feutre.

Le milieu du viaduc, c'est l'endroit où les trains vont tout doucement, à cause de la courbe. Qu'est-ce que ça veut dire ?... À cet endroit-là, un homme pourrait sauter d'un train sans se faire de mal...

Dans toutes les pièces de la villa, la lumière est éteinte depuis un bon moment. Philippe réfléchit encore devant sa fenêtre. Enfin il murmure :

– J'ai compris, j'ai compris...

Et il s'endort dans son fauteuil en souriant.

Des ombres dans la nuit

Le lendemain matin, quand Philippe se réveille, Claudette est déjà en train de prendre le petit déjeuner.
– Alors, Philou, dit-elle, tu enquêtes même pendant la nuit ?
Philippe sort péniblement de son fauteuil. Il se sent tout endolori, il a pris une mauvaise position en dormant.
– Te moque pas de moi, Clo ! Je peux t'expliquer le télégramme du Hollandais. Tu te souviens de ce télégramme ?
– Oui, oui... « Liqueur de Daquin, renseignements chez Lucienne. » Alors ?

– Hier, on a dit que la liqueur de Daquin était peut-être pour un blessé qui allait arriver chez le Hollandais... Eh bien, aujourd'hui, je peux te dire que ce blessé va arriver dans un wagon bâché d'un train de marchandises en direction de Nîmes.

Claudette est sidérée.

– Comment tu sais ça ?

Philippe lui raconte en détail ce qu'il a vu cette nuit, la séance de projection, les trois diapos marquées au feutre.

– Et alors, dit-il, j'ai tout compris ! Ces diapos, ce sont les « renseignements » que le Hollandais doit envoyer à la fameuse Lucienne. Elle, ensuite, elle va les transmettre au blessé !

Claudette siffle d'admiration.
– Pas mal ! Maintenant, tu n'as plus qu'à vérifier si le blessé arrive. Bon courage, moi, je vais à l'école.

Elle attrape son cartable et file dans l'escalier :
– N'oublie pas ton sirop, Philou !

Toute la journée, Philippe reste aux aguets. Il surveille la villa. A un moment, le Hollandais sort de chez lui avec le bras en écharpe et un petit paquet à la main. Il a l'air pressé.

Philippe se dit : « Il va sûrement à la poste pour expédier ses diapositives à Lucienne. »

Le lendemain, c'est la Hollandaise qui sort de la villa. Elle s'en va en voiture et, quand elle revient, elle sort du coffre une

tonne de provisions. Des bouteilles, des boîtes de conserve, des légumes.

« Quel chargement ! » se dit Philippe. « Elle attend sûrement quelqu'un. »

Le soir, en rentrant de l'école, Claudette demande :

– Dis, donc, Philou, il n'est pas encore arrivé, ton bonhomme ?

– Patience, Clo ! Des trains de marchandises, y en a pas si souvent.

Claudette laisse Philippe à ses jumelles. Elle prépare à manger, puis elle téléphone à maman.
– Tout va bien, ma petite Maman chérie... Mais oui, on se débrouille... Non, je t'assure, je ne regarde pas trop la télé... Je t'embrasse !

Puis, elle allume la télévision. Aux dernières informations, on annonce que la police a perdu la trace du bandit qui ressemble à Frankenstein.

En allant se coucher, Clo déclare :

– La télé, c'est tout de même marrant ! Il y a toujours du suspense.

Tout le village s'endort en même temps qu'elle. Seul, Philippe veille dans son fauteuil. Il est sûr que, cette nuit, il va se passer quelque chose.

En effet, à deux heures du matin, une ombre d'homme se glisse hors de la villa, suivie d'une ombre de chien. Une heure plus tard, ce sont trois ombres qui reviennent et qui pénètrent sans un bruit dans la maison obscure.

Le vrai blessé

Le lendemain, c'est dimanche. Il fait un soleil de fête. Là-bas, dans la villa, tout semble dormir. Seul le chien-loup gratte ses puces sur le perron.

Claudette se glisse près de Philippe.
– Alors ?
– Alors, j'avais raison. Le blessé est arrivé cette nuit. En ce moment, il doit se reposer... Tu sais, Clo, si on ne veut pas le rater, il faut qu'on surveille la villa chacun son tour.

Toute la matinée, Philippe et Claudette se relaient à la fenêtre. Peu à peu, la villa d'en face s'éveille. Le Hollandais sort dans le

jardin, il joue
avec son chien.
Puis sa femme vient
cueillir des roses.
Mais leur invité ne se
montre toujours pas.
Enfin, un peu
avant midi,
un homme
surgit
à la fenêtre du salon.
Philippe
règle un peu mieux
les jumelles, et c'est
comme s'il recevait
un coup au cœur.
L'homme
a les cheveux
en brosse,
on voit aussi
une grosse cicatrice
sur sa figure.
Et il est blessé, il a
le bras en écharpe !

Claudette accourt
et Philippe lui passe
les jumelles.
– Je te préviens, Clo,
c'est le gangster,
le type à la tête
de Frankenstein.
Claudette reste
un long moment
immobile, mais
ses mains tremblent.
– Ça alors !
Qu'est-ce qu'on va
faire, Philou ?
– J'en sais rien.
– On pourrait prévenir
les gendarmes.
– Pas question !
– Mais c'est un type
dangereux. Il a tué
un employé
de la banque à Vichy !
– Laisse-moi, il faut
que je réfléchisse.

La journée s'écoule lentement. Malgré sa blessure, l'homme n'arrête pas d'aller et venir, comme une bête en cage. Il sort de la maison, il rentre dans la maison, il sort à nouveau dans le jardin. C'est donc ça, un ennemi public ! Même de loin, il fait drôlement peur. Il faut dire qu'il est armé. Il a un fusil à lunette. Il l'a sorti de son étui pour le montrer au Hollandais.

36

Philippe pose les jumelles à côté de lui. Il commence à se rendre compte que ce petit jeu peut devenir dangereux. Mais que faire ?

Claudette est allée chercher du pain. Quand elle revient un quart d'heure plus tard, elle est très excitée.
– Je suis passée devant la villa ! Il y avait la voiture des Hollandais...
– Ben oui, et alors ?

– Alors, j'ai crevé les pneus avec mes ciseaux ! Comme ça, ils ne pourront pas s'en aller.

Philippe est consterné :
– Mais tu es folle, complètement folle ! Maintenant, ils vont se méfier, ils vont se douter de quelque chose.
– Je voulais t'aider, c'est tout.

Philippe ne répond pas. Une énorme inquiétude monte en lui. Quelle catastrophe ! Hier, il jouait, maintenant ça tourne au drame.

Cette nuit-là, il a du mal à dormir. Et quand il se lève, le lendemain, le soleil est déjà haut. Claudette est partie à l'école depuis longtemps. Elle lui a laissé un petit mot : « J'espère que tu n'es plus fâché, Philou ! »

Non, il n'est plus fâché, bien sûr. Mais il a décidé d'être prudent et de ne plus regarder la villa avec les jumelles. Enfin, il va juste jeter un petit coup d'œil, le dernier, c'est juré.

Il boit son café à toute vitesse, puis il retourne dans sa chambre. Il braque ses jumelles sur les fenêtres, et une terreur glaciale l'envahit : là-bas, l'homme à la cicatrice le regarde et le vise, lui, Philippe, à travers la lunette de son fusil.

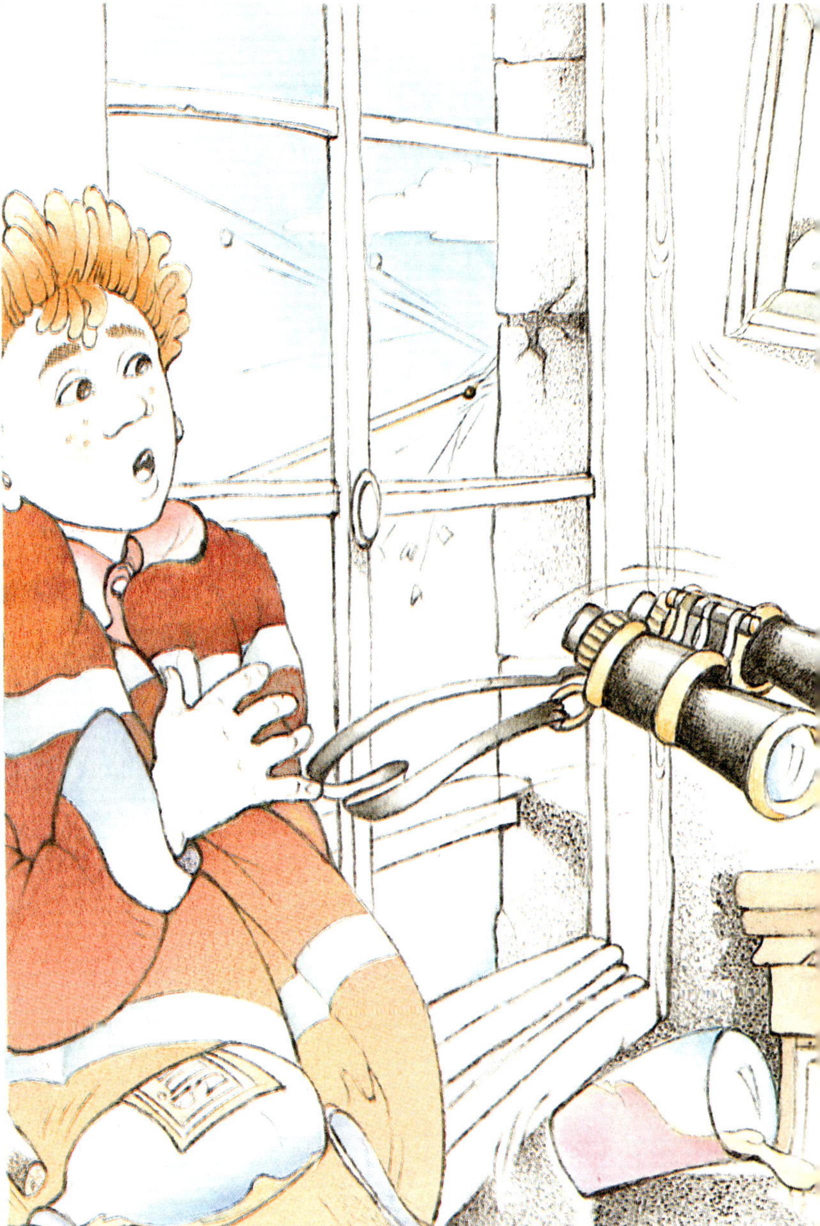

La panique

Philippe, épouvanté, se jette en arrière. Il entend le claquement sec d'une balle sur le mur de la maison.
– Bon sang ! Il me tire dessus ! Il croit que je vais le dénoncer !
Philippe hurle :
– Non ! Non ! Je ne dirai rien !
Mais il sait bien que l'autre ne peut pas l'entendre et que, de toute façon, il ne le croira jamais.
– Allons, un peu de sang-froid ! se dit-il. Il faut que je sorte de la maison. Et sans courir.

Mais il court, c'est plus fort que lui. Il dévale l'escalier. Il traverse le jardin jusqu'au puits. Là, il trébuche et perd sa pantoufle. Il pose les jumelles sur la margelle du puits et il s'agenouille pour remettre sa pantoufle. Il entend alors un second claquement, tout près de lui. Les jumelles ! La balle a frappé les jumelles ! Elles sont tombées dans le puits !

Mais si Philippe ne s'était pas baissé, c'est lui qui aurait reçu la balle... il serait sûre-

ment mort à l'heure qu'il est.
– Je n'ai plus qu'une solution, pense-t-il, aller chez les gendarmes ! Si j'y arrive...

Philippe fait demi-tour, juste à temps, car une troisième balle frappe la margelle du puits. Il traverse la cuisine en trombe et il ouvre la porte qui donne sur la rue. C'est jour de marché. Philippe fonce dans la foule. Il zigzague, il se faufile entre les étalages, en pensant : « Il n'osera plus tirer avec tous ces gens. »

C'est vrai. Le bandit ne tire plus. Il fait pire. Philippe entend d'abord des aboiements, puis il se retourne et voit, courant sur lui, le chien-loup du Hollandais. Il n'a plus son air gentil, le chien. Ses yeux flamboient, ses crocs luisent comme des lames. Et il court vite, si vite ! Philippe a juste le temps de plonger dans la gendarmerie. En claquant la porte derrière lui, il entend le choc du chien qui vient s'y assommer.

Le reste, Philippe l'a vu à la télé, avec Claudette. Les gendarmes ont entouré la maison du Hollandais. Les deux hommes et la femme sont sortis, mains en l'air.

Philippe disait :
– Tu sais, Clo, c'est eux qui m'ont obligé à les dénoncer. Je ne l'aurais jamais fait sans ça. Et puis je suis bien obligé d'accepter la prime d'un million de centimes : il faut que je rachète une paire de jumelles pour papa.

Claudette, elle, répétait :
– T'avais quand même raison, Philou. Dans un village, il peut se passer des trucs aussi terribles qu'à la télé !

Dans la même collection
J'aime lire

TREIZE GOUTTES DE MAGIE
Pour l'amour de Papa

Sur la porte d'une roulotte, il est écrit : Madame Rouma voit tout, sait tout et devine le reste. Delphine va lui raconter ses malheurs : Papa a la grippe, il a mauvais caractère, il ne pense qu'à son travail et ne joue jamais avec elle... Madame Rouma lui donne une potion magique et son curieux mode d'emploi... Treize gouttes de magie suffiront-elles à transformer Papa ?

Une histoire écrite par Nicolas de Hirsching
et illustrée par Jean-Claude Luton.

NÔAR LE CORBEAU
Le bûcheron-sorcier

Un matin, Nôar le corbeau tombe sur une annonce dans le journal : un certain seigneur Barbedogre cherche des corbeaux pour cueillir ses cerises. Ça tombe bien : Nôar a envie de travailler. Malgré les mises en garde de ses amis de la forêt, Nôar s'envole en chantant... Mais le « travail » qui l'attend est un terrible guet-apens, imaginé par un abominable sorcier.

Une histoire écrite par Guy Jimenes
et illustrée par Philippe Mignon.

L'OURSE GRISE
Les nuits du chasseur

Je m'appelle Patrick, j'ai 11 ans, et je pars seul chez mon oncle Gérald que je n'ai jamais vu. Il habite très loin, dans un château immense, perdu au milieu d'une forêt. Vous n'auriez pas un peu peur à ma place ? Surtout lorsqu'au milieu du dîner, deux yeux jaunes et des coups frappés au carreau entraînent Oncle Gérald dehors, dans la nuit, armé de son fusil…

Une histoire écrite par Chantal de Marolles
et illustrée par Edda Köchl.

LES TROIS AMIS DU PRINCE NICOLAÏ
Le triomphe de l'amour

La princesse Assia est si belle que tous les princes rêvent de l'épouser. Hélas, elle a reçu un mauvais sort : elle disparaît toutes les nuits. Le roi la promet en mariage à celui qui réussira à empêcher sa disparition trois nuits de suite. Tous ceux qui ont échoué eurent la tête coupée. Au désespoir de ses parents, le prince Nicolaï veut tenter sa chance. En route pour le château, il rencontre trois mendiants qui ont chacun un pouvoir magique.

Une histoire écrite par Chantal de Marolles
et illustrée par Philippe Fix.

Achevé d'imprimer en août 1991 par Ouest Impressions Oberthur
35000 Rennes - N° 11923
Dépôt légal éditeur n° 1148 - Septembre 1991
Imprimé en France